#JorgePolanco

(Valparaíso, 1977)

En poesía ha publicado los libros LAS PALABRAS CALLAN (Altazor, 2005); SALA DE ESPERA (Alquimia, 2011); y las plaquettes FERROCARRIL BELGRANO (Inubicalistas, 2010); CORTOMETRAJES (Fuga, 2008), UMBRALES DE LUZ (Z poesía, 2007).

En ensayo ha publicado LA ZONA MUDA (Ril y Universidad de Valparaíso, 2004) y LA VOZ DE ALIENTO (Inubicalistas, 2016). Recibió la Beca de Creación Literaria los años 2004 y 2014. Actualmente reside en la ciudad de Valdivia y es docente del Instituto de Filosofía de la Universidad Austral de Chile.

Cortes de escena
© JORGE POLANCO

© Editorial Isofónica, 2020
ISBN: 978-956-6027-02-7

Edición
» LEONARDO VIDELA MUÑOZ

Diseño editorial y dirección de arte
» CRISTIAN JARA TORO

Ilustración y arte de cubierta
» REBECA FRAILE PALLARÈS

Síguenos: @isofonica

JORGE POLANCO

CORTES DE ESCENA

isofónica

No una imagen justa,

sino justamente una imagen.

Jean-Luc Godard

Café subterráneo

Alejandra fuma Marlboro rojo. Tiene tatuajes en la espalda y unas uñas negras que conjugan con su forma de beber vodka. Visita en las tardes el cementerio, y a veces dice que le da miedo desaparecer. Cuando habla de ello sus dedos alargados tiritan suavemente, remojando el vaso. Alguna vez me dijo que la memoria se repite en ella como a codazos en la oscuridad, y que quizás un día sin darnos cuenta moriremos de tanto pasado. No sé si aquello haya tenido que ver con los cementerios y sus grandes ojos pasmados a la luz de la vitrina, pero se quedó en la mesa del Café Subterráneo como si no sucediera nada, y el tiempo fuera entre nosotros un cúmulo de gestos inmóviles como una novela de Kawabata. Esa última vez que la vi se retiró de súbito y tras buscar mi cuadernillo azul, escribió en el margen *la primavera es una mano en la ventana*.

En la esquina de Uruguay, treinta automóviles se detienen petrificados como fósiles. Atravieso la calle lentamente escuchando CREPUSCULE WITH NELLIE y miro de reojo el tráfico al compás del piano. Escribo en el café La Paz las últimas líneas antes de abandonar la ciudad. La lividez del sol toca los escaparates. Nellie llora en la mesa al costado de la ventana, viaja con el anonimato de una herida y la luz discontinua en las palabras. Veinte años de pertenencia a este acento y el tránsito de los trenes antiguos en que viajaba todos los días. Salgo con ella a caminar, avanzo despacio por Corrientes, llego a un banquillo de la Estación Retiro a escribir con el sol encima y el abismo de la despedida. Al atardecer nos abrazamos confundiendo nuestros nombres con una piedra.

El centeno

Fernando era pésimo con la pelota. Marcaba por delante y todos le gritábamos. Jugaba con bermudas, y la madre lo retaba por no usar pantalones largos. Pero Fernando era mi mejor amigo: conversábamos del suicidio y la infancia, arrastrándonos mutuamente al centeno. Leíamos a Nietzsche, Baudelaire y Sartre, con la impresión de una náusea que aumentaba con los años.

Una vez fui a su pieza después de una extraña pesadilla, donde llamaba por teléfono y nadie contestaba. Al entrar en pleno mediodía, no alcancé a atisbarlo: todo se hallaba oscuro y estuve a punto de pisar una silueta. Recordé el sueño intranquilo de Gregorio Samsa con sus patas que se bamboleaban impotentes dentro del cuarto. Salimos a caminar sin ninguna explicación: a los diecinueve años el futuro era inhóspito y vagamente silencioso. Hoy Fernando tiene dos hijos, está casado y la oscuridad de la pieza aumenta con los años.

La máquina del deseo

Mi amigo deleuzeano habla a menudo del rizoma y las máquinas deseantes. Las ventanas de su nariz parecen dos pupilas que crecen como aletas con la palabra pliegue; suben y bajan emocionadas, desconcentrando siempre a los supuestos interlocutores; sus ojos brillan detrás del humo del cigarro, y aunque no cree en la conversación y la dialéctica, necesita hablar sobre la historia del homoerotismo, la resistencia del arte y la importancia de los conceptos. Mientras su voz zigzaguea al describir con detalle la literatura menor, y dejamos pasar las nubes en la esquina de la plaza, le pregunto por sus tres hijos pequeños que viven en España; pero tal vez he cometido un error porque sin quererlo titubea varios segundos, amenazando con su silencio. La filosofía no es sino eso –me dice–, es solo otra forma de tener miedo.

Epitafio de un experto

Hoy murió Francisco Pimentel. Era experto en filosofía judeo-alemana y sus secuaces. Como no comprendía el idioma, los leía en traducciones españolizadas con grandes frases pomposas y desprecio por los puntos seguidos. Antiguo estudiante revolucionario, experto en los movimientos de las piedras y las hondas, lanzador exquisito de molotov, preparadas en la facultad y almacenadas en su casa, fue poco a poco desgastándose y finalmente desilusionándose de la lucha, terminando como un inquisidor de los «izquierdosos» que osaban enfrentarse a su poder. Olvidé decir que Pimentel ocupó un puesto importante en la universidad, al que se arrimó gracias a las intervenciones de un profesor que, extrañamente, solicitó algunos favores que nadie conoce pero que se intuyen. Para qué hablar de sus amigos y alumnos preferidos (entre los que me cuento): le poníamos sobrenombres y nos reíamos en secreto de sus intervenciones. Es que Pimentel, al que llamábamos «El fabuloso», tendía a violentarse cuando le recordaban su pasado trotskista, recreando a su antojo los eventos que lo hicieron famoso como guardián de las tomas universitarias; a pesar de sus lecturas de retórica posmoderna (que consiste en decir dos veces lo mismo), nunca pudo destacarse como un orador en las asambleas. Lo que más recuerdo de sus conversaciones es una frase en clave que me dijo al final: *las formas de hablar siempre delatan al verdugo.*

Soy negro, y me llamo Borges

Hoy el alba es una casa abierta. Caminamos en sus calles perdidos en la biblioteca de Alejandría, leyendo sus códigos y símbolos como un universo. Ciego y solo, escucho a B.B. King en mis parlantes interiores. Los bares parecen un hervidero musical, y mientras camino por ellos repito EVERYDAY I HAVE THE BLUES. Soy negro, me llamo Borges y toco un trombón toda la noche. Unos pasadizos secretos unen las avenidas del sonido, códices en latín y griego. En este universo, la belleza se encuentra aferrada a los muros, a las insignificantes conversaciones de madrugada, a los colores deslavados con la pálida salida del amanecer. Me dicen Jorge, improviso un blues sofocado y carrasposo, escucho a todo el mundo, pero me concentro en ese silbido que se prolonga solo en mi sonido interior.

A Sunrise (J.M.W. Turner)

Nos quedamos allí sentados en la plaza, con muchas cosas por hablar pero sin decir palabras. De fondo apareció la imagen de un barco que cruzaba brumoso como el inicio de LA MUERTE EN VENECIA de Luchino Visconti, y empezamos a conversar de la belleza de los colores rojizos mezclados con el movimiento difuminado de las nubes, como si fuéramos espectadores privilegiados dentro de una pintura; y ciertamente lo éramos, porque no podíamos hablar de nosotros, sino sólo de unos colores que dibujaban el ritmo silábico del mar. Así estábamos, contemplando una acuarela en movimiento, sentados frente a las olas matutinas que se acercaban y replegaban para al fin y al cabo resbalarse y hundirse, sumergiendo nuestras voces como piedras, uno junto al otro, con la respiración incendiada.

Hablar de poesía

Dos poetas se encuentran sin conocerse en una librería. Uno revisa los libros de Borges, mientras el otro busca en los anaqueles algún indicio de Brodsky. Al observarlos, el vendedor se pregunta si acaso son los ladrones que no ha podido sorprender. Mientras cuenta el dinero del día, fingiendo leer un libro abierto, el vendedor mira de reojo y malhumorado. Quiere indicar algo para descubrir sus torcidas intenciones. Incluso cree observar ciertos códigos entre ellos, pero no les dice nada. En el fondo es una buena persona gastada con los años, a los que suma una cantidad de hojas en las que ya no cree. Los poetas continúan su cacería nocturna; se reconocen por lo que buscan, porque saben que no existe lector de poesía que no escriba. Pasan uno al lado del otro, espiando mutuamente en secreto sus libros, aunque saben también que es inútil hablar, porque de la poesía no se habla sin decir al mismo tiempo una trivialidad.

Disparar a Hopper

Esto no es literatura, es un panfleto, o quizás otro blues en un catálogo, la marca de una huella horadada por su extravío, discursos a cara descubierta a sabiendas de la mala conciencia y sus efectos. En fin, prefiero no aburrir con el preámbulo, deseo entregar mi simple testimonio: los estudiantes de Arte caminan por las calles con sus croquis y figuras de cerámica, conversan entre ellos en dialectos desconocidos, hablan de París en francés y algunos los confundimos con los heraldos del triunfo del arte, o quizás como la hermosa modelo prerrafaelista –no recuerdo el nombre– que es capaz de cambiarte por el primer rubio con aire de poeta, tarareando la lucha de clases rasgueada en una guitarrita, y de pasada dictando cátedra sobre el espíritu y las costuras de la poesía, la historia del Arte del Renacimiento y las instalaciones que –la verdad sea dicha– a nadie importan, salvo a los desclasados o a los saltimbanquis de la plaza, que quisieran darle un disparo a Hopper con el fin de romper la quietud de esos maniquíes de porcelana. En una de esas, recién nos dejarían las calles tranquilas y no tropezaríamos a cada rato con su metafísica.

Buena política

La casa del vecino había quedado desocupada. Con un amigo descubrimos una forma de entrar por la puerta trasera. Ingresamos y vimos los cables. En ese tiempo robábamos cobre para venderlo por kilo. Las cajitas telefónicas se veían útiles y se nos ocurrió conseguir un aparato. Avisamos a los amigos más cercanos de la población; hicimos llamadas a familiares, conocidos en regiones alejadas y, por último, a cualquier número inventado del extranjero. Comenzamos a cobrar por el uso del teléfono, sobre todo a los más chicos. La idea duró casi dos meses hasta que alguien hizo correr el rumor. Habíamos reunido suficiente dinero como para gastarlo en los juegos de video Samoa. Era tal la cantidad de fichas que podíamos pasar tardes enteras jugando después del colegio. Fue una manera inteligente de blanquear la plata y negar a toda costa los rumores. Pasamos algunas fichas a los vecinos de nuestra edad y a los más chicos los amenazamos con golpearlos si nos delataban.

Cosmonauta

El *dictum* ecológico reza así: mientras exista naturaleza por destruir habrá economía. Laika observó los vestigios de la tierra, los colores en acuarela de las estaciones, el rumbo indiferente de los gritos y el espanto de los demás animales. Su ojo alcanzó a girar en la eterna noche del espacio. La levedad la protegía de los jardines y las nubes donde todos estaban extraviados. Seis horas en la estratósfera y la soledad fue progresando melancólica al modo de una proa encallada en una isla pequeña y oscura. La acumulación originaria se basa en la gravedad.

Ella se encontraba al interior de la nave espacial. Observó el cielo a través de una ventana pequeña. Alcanzó a ver a un extraño ser caminando por la llanura. Sus pasos eran lentos.

Las estrellas iluminaban el planeta. La escenografía desértica se cubría de un gris platino. Siguió con la mirada al aborigen. El cielo cambió de color y empezó a llover.

Por un momento, leve como el parpadeo del silencio, volvió su rostro hacia el interior de la nave. Cuando se asomó de nuevo por la ventanilla, el extraño acompañante acariciaba una piedra. Era una mañana espléndida. La quietud de las estrellas parecía una música seca.

Plazuela Ecuador

Dos chicas punky con un osito de peluche comentan el modo de cómo golpearon a otra con un anillo. Risueñas se abrazan y el enorme muñeco parecía una tercera integrante. El taxi las aguarda, y con la fragilidad de lo irreparable, alargan el abrazo persuadidas de una noche de triunfos. Al separarse, con la voz rasposa y detenida que timbraba cada sílaba, la que se va le dice a su amiga: intercambiamos palabras para no intercambiar besos. Agarra el peluche y se marcha por las escaleras del cerro a las 5 de la mañana.

Pequeña muerte

Sub-50, dijo. No pareces tener la edad que dices. Al reiterarlo –apenas abrió los ojos– prendió la tele para ver los monitos. Se reía mientras escondía el rostro en mis brazos. En la noche anterior, cuando nos conocimos, no tuvo problemas con la diferencia de edad. Solo dijo: no te creo. Un libro puesto sobre la repisa explicaba en parte nuestra cercanía. Tenía un título existencial y oscuro ligado al erotismo como muerte. Aunque había bajado el volumen de la tele, ella podía detectar los diálogos fácilmente. La abracé más fuerte y subí mis manos a su cuello; sus piernas delgadas y blancas se cruzaron con las mías. Ya no reía. Empezamos de nuevo, sin el cansancio acumulado de la noche anterior. Homero sonaba en la tele como un bajo en un grupo musical, marcando el ritmo. Su voz de retrasado evocó la risa de mi hijo, a quien le encantan los Simpson; y en ese desquicio entre los monitos y el ritmo creciente de los cuerpos, comencé a besarla como si fuera mi madre. La engullía y acariciaba retrocediendo en el tiempo. Devorados por el murmullo de los dibujos animados la tensión subía, pero no era ella quien estaba allí, sino la imagen juvenil de mi madre. Solté involuntariamente un *te amo*, que resonó profundo como un cristal roto en una habitación vacía.

Operación retiro de televisores

Desde niños miedo a los pozos, a proyectar el rostro movido lentamente, al vadeo que prolonga las sombras y el sol detrás. Miedo a las profundidades oscuras de las aguas, a mirar hacia el fondo, a caerse en ellas y nunca volver. Miedo al cuerpo sumergido, a las alimañas ocultas en recovecos estrechos, a la lucha infructuosa contra la naturaleza, a la desesperada imposibilidad de nadar. Miedo a la línea de la rompiente, a las murallas raspadas con las uñas, a los mares color petróleo, a las manos que nos agarran por abajo, al entierro prematuro en corrientes subterráneas.

Monumentos

Hoy, en la calle Londres, los desperdicios de ampolletas, cables y objetos inútiles desparramados en los adoquines se parecen a ti, fumando en la esquina apoyado en un poste. A partir de la sinuosidad del humo, detienes tus pensamientos en las palizas cotidianas. Dos amigos pasan y comparten una piteada con la confianza indefinida de la calle. El camión de la basura para y recoge las bolsas. Nadie avanza en esta ciudad, solo los amigos que continúan su marcha entre los faroles, ignorando el número 38.

La patria

Era el atajo hacia el colegio. La calle recta y ancha que interceptaba la nuestra. En el camino de tierra había varias zanjas. Los perros comenzaron a ladrar desde las rejas por dentro. De repente una jauría se aproximó; el miedo hizo que me paralizara y luego intentara correr. Ya estaban encima. Reconocí sus rostros. Empezaron a morderme, todos a la vez. Quería avanzar. No podía. El colegio y la casa se encontraban equidistantes; es decir, todavía muy lejos. Lloraba y la desesperación de hallarme solo acrecentaba el dolor. Vi cómo sacaban pedazos de mis piernas. Eran muchos perros rabiosos.

1948

Allí vuelve Miguel, viene de la muerte y toca la puerta. Toda la madre se acerca a abrir. Va a la escuela atravesando la escarcha del camino. Las sandalias y el uniforme se remecen con el viento, y el invierno duele en las piernas. Al pasar mi madre visita a su abuelo en el fogón. Los hermanos se aprietan mientras Miguel espera en el jardín. *¡Hola Miguel!* –Las ventanas están cubiertas de escarcha.

En la escuela la madre aprende caligrafía junto a la fogata. César también está allí, se acerca. En el jardín es de noche. Allí vuelve Miguel, viene de la muerte. Todos rezan al interior de la casa. Los retratos envejecen y la madre se escarcha. Todavía siguen ahí los dibujos de la abuela en la sábana. Allí viene César, golpea la puerta, viene de la muerte. Allí también está el tío Manuel, el tío Emilio y la tía Margarita. Juegan entre ellos al lado del brasero, pero el fuego se escarcha.

Animalismo

Cuando éramos niños, un vecino dejó que sus perros mataran a unos gatos recién nacidos. Agonizaban delante de nosotros, aunque no era la primera vez que los felinos se convirtieron en pesadilla. Con mi hermana vimos debajo de nuestra mediagua cómo un gato moría envenenado; sus ojos pasaron de un color a otro, y se escondió entre las maderas. Jugamos por un rato más, pero la impresión no nos dejó continuar. Al final nuestra madre se hizo cargo, trató de entretenernos y enterrarlo. Igual nos dimos cuenta de lo que hacía. El animalismo es un asunto de adultos; entre niños es reconocerse en la muerte.

Pusimos el insecticida para ratas en dos lugares: en la entrada del estacionamiento y en el patio. Era de un color rosado brillante. No habíamos podido dormir durante tres días por el sonido del entretecho. Esa sensación de un roedor masticando la madera alteraba el oído y se ampliaba solo con el crujir constante de los dientes. Después de algunos días, apareció una familia entera de ratoncitos. Los jotes volaban cerca de la casa y acechaban en los árboles. Dejamos que la naturaleza hiciera lo suyo. Como mi ventana da al patio, observé la manera cómo los pájaros carroñeros disputaban la familia de roedores. No duró mucho el espectáculo. En el pico de una de las aves iba la carne casi completa de uno de los ratoncitos más pequeños. Volaba muy alto y atravesó el río cercano a la casa. Era como un avión que llevaba cuerpos para ser lanzados al agua, pero en lugar de tirar el «equipaje» desde el cielo, la carne se dirigía a sus polluelos. Las aves carroñeras se alimentan así: desde pequeños se acostumbran a picotear animalitos muertos, a volar por los aires y a saborear el veneno de los humanos.

Artesanía

Una mujer va sentada tejiendo en el metro. Cuatro hombres conversan por celular. La contemplo y escribo estas líneas; detrás del subir y bajar de la lana asoma el paisaje de la cordillera recién nevada. Es la línea 5. En la próxima estación debería bajar. Antes de levantarme, detiene los palillos y mira mi libreta con la complicidad de un movimiento de cejas; tejer y escribir son ritos del pasado y, a estas alturas, delitos sofisticados.

Subida San Juan de dios

Antonio lanza la pelota por el portón rodando cerro abajo, y la observa desde la reja. Un colectivo la atrapa con el parachoques. El chofer frena recogiéndola afable. El padre sale a la calle a recuperarla; el colectivero estira su mano con la esfera fuera del auto. Antonio mira el barco avanzando con una claraboya en el costado.

Perfiles

Andrea sale del vehículo y posa para Pablo. Se toma el pelo, lo mueve para un lado y otro, y él saca las fotografías. La escena llama la atención de los bañistas. Se reúnen, la observan y creen que la vida puede contarse a través de una foto. No aparecen en el recuadro, pero la ven atentos prolongando sus deseos y finalmente sonríen. Andrea sigue posando con el sol a cuestas. Nuevamente se toma el pelo, lo recoge entre sus manos y lo vuelca hacia el hombro izquierdo para que el garbo del cuello asome delicado como el sonido de la fogata y la luz del océano, retornando a su impunidad silenciosa. Pablo solo la mira detrás de la cámara fotográfica, y se ríe.

Begonias

Coloco la maceta en el borde del balcón. Espero por las mañanas que el sol aparezca y pueda sanarlas. Secas y dañadas
como están, todavía confío en que las flores lograrán recupe-
rarse. Después de hablarles, como aconseja el jardinero del
edificio, salgo al trabajo y por las noches, cuando vuelvo, las
riego tranquilamente. Pero nunca he tenido buena mano con
las plantas. Es un rito que conservo como una forma de ali-
mentar el desierto que crece, poco a poco.

Cuando niños decían que el
Organillero traía consigo la muerte

Escépticos, sólo creemos en el blanco y negro. Por eso al sentir la música de madera, como una respiración exánime de la pianola, el mito urbano sentenciaba rotundo: *alguien va a morir en el barrio*. ¿Por qué el oficio era asociado a un rito vudú? La supuesta nobleza del hombre que atrae a los niños alrededor de la manivela y los juguetes antiguos se transformaba de pronto en una imagen siniestra. La culpa debe ser de las cajas que abre el loro adivinando las cosas terribles que van suceder. En todo caso, soy incrédulo: la precariedad del pasado no debe ser maligna si contiene esa belleza metafísica del blanco y negro. Así la retrató Sergio Bravo en una foto que guardo de un niño vestido con un enorme vestón y la sonrisa de un organillero con su elegante sombrero de copa, anunciando la implacable elocuencia de Valparaíso.

Santiago Wanderers

El camión Bahamondes era el central del equipo. Nuestro club jugaba en segunda y los niños lo miraban al nivel de una estrella de cine, pese a que lo único que sabía hacer era reventar la pelota. Lanzaba el temor fuera del área y golpeaba al enemigo, logrando a menudo que cobraran penales. En una ocasión lo hallaron borracho y fue expulsado del equipo. Pasaron los años y el camión Bahamondes volvió, aunque era irreconocible: esbelto y hasta aplicado, parecía un verdadero futbolista. Pero existía un problema: jugaba por Osorno. El entrenador lo había obligado a adelgazar. Cuando sus antiguos admiradores atisbaron su figura desde la galería le gritaron todas las cosas posibles para denostarlo: guatón, alcohólico, traidor, vendido y obviamente otras más vulgares referidas a algunos detalles de su vida en el puerto. Reconocían que ya no era el mismo. Ese año salió campeón de segunda, y aquella estrella se desvaneció junto a otras luces de la infancia.

Cajón de sastre

En la ventana que se abría a la calle, donde la luz era amplia y espléndida a medida que el sol crecía, orquestaba sus aparatos dispuestos como en un quirófano. Las cataratas de los ojos precipitaban su idea del mundo como una fábrica de sombras, palpando hilos, telas, dedales, alfileres y diversos tipos de reglas de diferentes tamaños, con las cuales medía las constelaciones de tiza de su memoria. Si la ceguera acentuaba sus dotes para el tacto, al mismo tiempo hacía privilegiar la escucha de la radio: en el costado izquierdo del taller que era su casa, el abuelo mantenía sintonizado el dial, planchando la ropa con esmero. De entre los días de la semana, el más importante era el que jugaba su equipo de fútbol. En los brutales ochenta, tanto para Wanderers como para Chile, las rabias se acumularon al igual que la lucha por ascender se desplazaba fecha a fecha, campeonato a campeonato. Una derrota tras otra impedía vislumbrar un horizonte que fuera el fin de esta historia. A pesar de los sufrimientos y frustraciones, visto desde hoy, el fracaso también es amable: los jugadores de aquellos años aún pasean por el puerto como un testimonio pétreo de jugadas sublimes e impetuosas, soñadas a través de una radio que solo la ceguera y las sombras pueden confeccionar.

Correcciones

Finalmente, ¡nos pusimos de acuerdo! Funes me prestaría su casa en Buenos Aires durante el verano, mientras yo le facilitaría la mía en Valparaíso. El intercambio estaba arreglado. El conocido editor bonaerense me entregaría sus llaves el primero de enero, cuando pasara el año nuevo en los cerros de este otro puerto. Nos fuimos en esa fecha, contentos con la idea tantas veces propuesta pero nunca concretada. La vida en Capital Federal fue todo lo que esperábamos porque Funes vivía en un lugar cercano a la Plaza del Congreso, donde podía salir con mis hijos y visitar una librería que quedaba a dos cuadras. Las dificultades comenzaron al regreso. Después de la alegría de salir de Chile y extrañar los meses de vacaciones, la presión se vino encima debido a los trabajos acumulados. Pero al volver me llevé la sorpresa de que Funes no quería marcharse. Por la mirilla de la puerta, me atendía gritando desde dentro. Había cambiado la chapa y decidido despojarme de mis pertenencias. Arrendó una bodega donde debía pasar a recoger mis cosas y les pagó a los conserjes para que me detuviesen a la entrada. Luego de varias y costosas acciones legales pude sacarlo de mi casa. Al entrar por primera vez ya pasados seis meses, el interior había sido modificado radicalmente. No había subdivisiones, ni muebles, ni tele, ni nada, solo un extenso piso blanco con un escritorio frente al mar y una pizarra al costado, puesta encima de lo único que conservó: mi música y mis películas. Después de lo sucedido, traté de tomar todo con calma y empecé a buscar mis papeles. Pero Funes, decidido a vengarse por haberle quitado mi casa, dejó escrito en la pizarra: *boté las porquerías a la basura. Firma: el editor.*

La vie en rose

Era deslumbrante la habilidad ganada con los años en sacar, justo en el momento preciso, una a una sus prendas a la sombra de Edith Piaf. Acaso por la edad y el fracaso que se nota en toda bailarina que se excede en el maquillaje, había una cierta semejanza entre ellas. Su cara –es necesario confesarlo–, era un tanto tosca y un poco más ajada que la estrella parisina, debido a las amanecidas y la experiencia forzosa en los trasnoches quilpueínos. Cuando terminaba la rutina, intuyendo los últimos compases, recogía su ropa y escapaba avergonzada al vestíbulo, ubicado en el lado contrario de la barra. Nunca la vimos moverse con otros ritmos, y no sé si a Pamela le hubiese gustado. Tal vez exista una edad para dejar de bailar como de escribir; aunque al tararear en estos días LA VIE EN ROSE, su imagen a las tres de la mañana logró dibujar en nosotras el boceto que toda danza insinúa. Eso, quizás, justifique en parte esta escritura.

El artista del trapecio

La vecina barre la vereda de su casa lanzando la basura a la mía. Le digo que si lo sigue haciendo le echaré a los perros. Ella continúa ajena, interrumpiendo las mañanas con su voz áspera. Le advierto irónico que todavía hay mucha basura por sacar de su vida. Responde tranquila que la calle no me pertenece. Me detengo a mirarla y a la vez pienso en su padre anciano que conozco desde niño. Vive en el cerro Placeres; permanece largo tiempo en el octavo piso observando el mar, absorto en sus inhóspitos pensamientos. No conversa con nadie, está allí mirando ese moderno y extraño puerto, y seguramente a los pescadores que pasan sus aletargadas horas en la costa como un sueño metafísico. Cuando sale a la plaza, juega ajedrez y vuelve a su balcón, sentado otra vez allá arriba inmerso en pensamientos inútiles. A menudo lo veo como un trapecista encerrado en una jaula, dispuesto a balancearse por última vez y terminar su función como un alfil cayendo entre cuadrados negros y blancos.

Escolares

El suplemento de ARTES Y LETRAS, con un reportaje sobre T.S. Eliot, reposa en una esquina en las afueras de la cárcel. Sirve como mantel a dos escolares. La caja de vino tinto al medio, y una bolsa de papas fritas a un costado, permiten que el diario mantenga cierta utilidad. Con el cadencioso movimiento de sus cuerpos, la caricatura del poeta sobresale del resto del diario por una mancha sucia y delicadamente erótica que pinta los labios del conspicuo anglosajón.

Aparato psíquico

Dos habitaciones: en la primera, la claridad asoma desde el Este, las mañanas son nítidas, los animales domésticos merodean gruñendo confiados y la pieza se abre y cierra fácilmente. Está fabricada para la armonía. La segunda es de pago; esconde a los arrendatarios como en un caparazón. Las cortinas y los picaportes pasan la mayor parte del tiempo cerrados. El sol golpea por fuera destiñendo los visillos; la disposición interna está pensada para evadir el mundo exterior. Las dos habitaciones comparten la misma casa.

Mercado Puerto

La mesera reúne el servicio con delicadeza delante del cliente que mira concentrado sus manos. Ella se marcha y él saca atento una servilleta pensando en su rostro risueño. La mesera es una joven que habla con voz de niña, coqueta y sencilla para su edad; él es un hombre veinte años mayor. Cuando se despide del local siente que ha envejecido aún más, entregándole de propina un enorme grillo muerto en señal de seducción.

Motoqueros

Con el equipaje arreglado para escapar, preparas minuciosamente la ropa, los libros, la música y los cuadernos guardados como un tesoro de viaje. Subes a la moto y te lanzas ciego sin espejos retrovisores. La pasas a buscar en la ruta, en el mismo kilómetro de siempre. Las palabras martillean cada vez que hablan. En un dolor combinado con ansiedad, las escenas culminan donde comenzaron la última vez. Al momento de pisar el motel, las discusiones se inician y las diferencias de vida retornan en una criminalidad envuelta en cómodas cuotas de mutismo. Cuando ya no se puede más, y la voz se vuelve ronca y áspera, solo quedan los cuerpos esclavizados por los olores que se confunden con la sensación de impotencia. Querías que se quedara, que la noche fuera continua y quemante, como el sol alumbrando los extramuros de la pieza. Solo de esa manera podrías escapar de la invasión.

El espía

A medida que fue envejeciendo le gustó más su rostro. Era el de un verdadero escritor, con ese carácter dramático que delinea su experiencia en máculas profundas sobre los pómulos; alguien experto en fracasos morales, como los combatientes de los sesenta. A pesar de dedicarse a la escritura y ahora a la fotografía, siempre le llamó la atención la necesidad de la gente por comunicarse. Él era, por el contrario, uno de esos seres con muchas inseguridades. Su oficio lo comparaba al de un centinela. *El escritor es un espía*, afirmaba en las entrevistas. Y en una de ellas habló sobre su escritorio: *sentado en la mesa del bar que da hacia la calle, miro la gente que pasa, sopesando sus actitudes y formas de vestir por si acaso encuentro una victima, es decir, un personaje. Apenas la mirada distraída –e interesada– se fija en un punto, significa que la inspección clavó una herida de escritura. Ya se sabe lo que viene después. La perentoria obsesión por las descripciones, cada vez más sutiles, y la obligación de guardar con el lápiz la memoria de un encuadre. Hace un rato, por ejemplo, vi pasar una mujer con un botellón de plástico repleto de tapas de bebidas con diversos colores. Lo pasea como si fuera una lámpara de incienso. Aunque el personaje usualmente escapa de los primeros propósitos, y dispara su recreación a otros elementos, la construcción de la trama ya está asentada como ficción, inscribiéndose uno mismo en ella, el supremo traidor.* Esta operación de espiarse a sí mismo provocó que Rioseco escribiera el mejor verso dedicado a su generación: LA FELICIDAD ES / COMO EL PRIMER SORBO / DE CERVEZA DEL DÍA.

Rutas

Un hombre pasa en el tren leyendo a Raymond Carver. Lo imagino atravesando la luz marina del padre que da la espalda al fogón, cuando quiere decir algo y no puede. El tren sigue, y doy vueltas en la vía agotado del sol, observando cómo conversan los viajeros.

En la Ruta 68, encuentro en el bus a un hombre leyendo los cuentos de Carver. Lo imagino pensando en el panadero que habla en la madrugada sobre el hijo que no tuvo, consolando a una pareja que recién había perdido el suyo. Lo veo con atención, y él mismo se parece a la fotografía de Carver. Sin que se dé cuenta, me acerco y leo junto a él las últimas páginas de su libro.

Al llegar me encuentro con mi amigo que lo traduce, él es alto y rubio, habla mucho y cree que ha influido en su escritura. Entonces recuerdo los versos de Carver que dicen cómo es posible estar en un sitio. Y en otro, también.

El filósofo David Bowie

Los estudiantes de filosofía escuchan a David Bowie, corean sus canciones y repiten los estribillos sin cansarse. Gritan y ríen cuando suenan los primeros acordes. Los profesores intentan controlarlos. Los estudiantes responden riéndose de sus mayores, agotados de tanto río, devenir, eternidad y otras fantasías metafísicas, subiéndoles la voz al mínimo intento de fosilizarlos. En ese momento dejan que aflore el rumor secreto de sus perversiones: frunciendo el ceño, golpean con una oreja la mesa, y permiten que su imaginación cabalgue por el cielo de los acordes.

Ubicado a mil metros del edificio, nuestro vecino mira por un telescopio la escena de un matrimonio. En la terraza repleta de gente, adultos y niños celebran en una piscina como en una película esperpéntica de Fellini. Entre los invitados se encuentra su hija, quien juega lanzándose agua con sus primas. Calibra el lente hacia delante y atrás, como volviendo al pasado ya remoto en que la novia pudo ser su esposa.

Postales

Fotografías esta mañana los recovecos sombríos de Valparaíso. Abres la puerta y Carolina está sentada con las piernas arriba de la silla. Tal vez es febrero, Bill Evans resuena en la habitación y una bailarina de Degas cuelga al fondo de la pared. Le murmuras, próximo a la cara, que en las noches confías en que acerque su mano y te despierte pronto de las pesadillas.

Crees sorprender en Carolina una meditación contenida acerca del mar y su futuro, quizás sobre los próximos dos o tres meses; al dar vuelta la espalda, un gesto suyo retrata el asedio del pasado. Permaneces algunos minutos en el umbral y le preguntas qué piensa.

Le recuerdas los días en que viajaron a la costa y pusieron atención en cómo resonaban sus pies en el agua. En la conversación contemplas cómo se toma el pelo, aguardándote con su polerón largo y las zapatillas rosadas sobre la silla. Con una mano en las cejas minimizas el zoom, cerrando la vista entre sus párpados y los labios. En el encuadre reaparece la serenidad de la habitación, mientras que en los costados el océano diseña un extenso punto de fuga.

Pero Carolina está lejos. En el computador giran sus fotos, la ves en un ascensor, en un bote o una escalera posando la mano en tu muslo. Entre las imágenes se cuela un retrato y las zapatillas sucias de los paseos por Quintero. Los cuadros dan vueltas en el computador, y al desviar la mirada relees la última frase subrayada de tus libros:

La fotografía es un espejo de fantasmas.

Consejo de profesores

La secretaria coloca en la cabecera un cartel que dice «Reservado». Como en un restaurante, la mesa se llena y los comensales esperan al artista principal. La reunión comienza cuando el director ingresa 15 minutos tarde al escenario. En el primer párrafo de su interlocución habla de una meseta, es decir, de la capacidad de oferta y demanda de la institución, y las directrices que debiera desplegar el nuevo rector proveniente de una escuela de comercio. Después conduce su intervención hacia unas llaves perdidas de la oficina de profesores, la necesidad de cambiar la chapa y los costos que eso significa. La profesora de historia ubicada en la esquina mira con el rostro adormilado y a veces visiblemente molesta. El director usa la palabra «mantiénese», y le da la posibilidad de hablar al jefe de UTP. Éste comienza señalando que pasará algunos «avisos económicos», que consisten en resaltar las dificultades que suscitan los estudiantes y los enredos que provocan de las cosas, de ahí viene un «intercambio de ignorancia» y «preguntas entubadas». Un profesor interviene advirtiendo las dificultades que tiene con internet, y otro que vivió en Alemania enfatiza la diferencia que existe con Chile. El director retoma la palabra cuando algunos profesores comienzan a enumerar sus problemas, respondiendo que la dirección de teología (sic) tiene muchas dificultades y anota detenidamente las sugerencias en un notebook. El jefe de UTP advierte a los profesores que tal como están las condiciones actuales, debiera tenerse cuidado con los estudiantes. En Chile se inventaron las «células lautaristas», cuyo reconocimiento internacional, desde el tiempo de la colonia, proviene de la capacidad de articularse en grupos de tan solo tres o cuatro miembros. El director renueva sus recomendaciones y vuelve a recalcar que es necesario dejar «meridianamente claro» a los alumnos que las cosas no se enreden y educarlos frente a las «malas maneras». Al final de la reunión, la profesora que estuvo absorta todo el tiempo a su costado, pregunta si va a tener los mismos cursos del año pasado porque llegó marzo y aún no lo sabe. La meseta de alumnos –dice el director– puede que se mantenga, pero quizás también baje, estableciendo una comparación alegre con el precio del dólar. Al salir de la reunión de profesores, algunos colegas molestos por las notas que tomé, me preguntaron si me creía camarógrafo. Y yo les respondí en voz baja si acaso creían que esto era un colegio.

Bolero de Jorge Torres

En épocas delicadas, un gesto en la mesa puede significar una delación. Aunque eres la sombra de otro, volvimos a encontrarnos. Ahora cantabas boleros y anunciabas la traición insobornable de la vida. Nos quedamos hasta el amanecer y ya no había tiempo que robar, solo el miedo de agarrar la mano y soltarla.

No lo quisimos aceptar, pero no debimos bañarnos dos veces en el mismo río. La detención en un punto fijo del cauce es el recuerdo insólito de sí mismo diez años después, cuando el tiempo hace de la tarde la recolección de huesos secos y la perpetuación de una noche que no podría escribirse en poesía, si queremos ser verídicos.

Las decisiones debieran aceptarse como un pequeño vaso roto, pero no puedes –y no quieres– decidir. Ver el reflejo en el río que rechaza la desembocadura, como un autorretrato, donde uno se apuñala a sí mismo, en vez de golpearse legítimamente.

Vinka se llamaba. Nunca supimos si se suicidó. Amaneció un día con una bala en la cabeza y al costado el arma de su padre, un sargento de carabineros. La recuerdo a la edad exacta en que la belleza todavía no se contamina por deseos truncos. Vendía todo, incluso los pertrechos que encontraba en la basura, y jugaba en el pasaje de la población con pantalones cortos y el pelo largo hasta la cintura. Como siempre, los rumores empezaron a correr, y una amiga nos mostró una foto en que posaba coqueta: una cinta brillante recorría la orla de la falda, y sus piernas largas daban la impresión de dedicarse a un oficio formal, aunque la delicadeza de sus manos entregaba la señal perpetua de la inocencia. A pesar de su edad, Vinka mantenía conversaciones complejas, a veces incomprensibles para nosotros sus amigos, haciendo de sus palabras una oferta consciente de desamparo. Una vez nos quedamos en el muro de mi casa hablando largo rato. Dijo de pronto: *¿Recuerdas cuando estabas acostado en la cama, tapado con frazadas sobre tu cabeza, jugando con la radio para que nadie te pudiera ver?* En el momento no entendí lo que decía, con el tiempo supe que se trataba de una canción. La veo ahora reírse y acariciar el perro vagabundo de turno que nos acompañaba. También me dijo como consuelo: *Ya hablaremos con más calma, aunque ninguno de los dos la posea.* Pero en este caso, todavía no he podido encontrar la letra de la canción. Es mejor dejarlo así, sin ironía.

El padre de mi hermana era colectivero, y siempre planteaba las mismas dudas políticas: *nunca entendí por qué el dios del antiguo testamento solicitaba tantos prepucios o, por qué dios dividió su amor en dos hijos que se odian, palestinos y judíos, ¿no se siente culpable?*, o –y esta era su observación de ciencia política más elaborada– *por qué el dios de los mormones decayó tanto en calidad literaria.* Supongo que esas dudas se acrecentaban entre pasajeros que subían y bajaban silentes. Aunque nunca quise preguntarle nada, fue adquiriendo sentido lo que me decía y también mayor oscuridad, sacándome de mi letargo pictórico. Es más, yo mismo comencé a cuestionarme: *no es razonable que un profeta nazca en un lugar periférico. Si quiere hacer la revolución tiene que tomar los medios de producción. Eso es lo que debe buscar la Iglesia Católica; ¿cómo La Casa Blanca mantiene puentes secretos con el Vaticano?; ¿por qué Hitler era cineasta?* Así paseábamos en las mañanas, con el entrecejo fruncido de una teológica humedad.

Los niños terribles

Ahora que caminas desnudo entre rieles con las rodillas lasti-
madas, creyendo cada palabra que escribes o pronuncias, y la
noche es solo un fantasma de otras noches, secretas e inexis-
tentes; justo ahora, dices *quédate conmigo*; guardas la ropa, te
cuidas de no mostrar el rostro, los párpados, los labios y el
torso herido; solo dices *existo*; *te conozco*; *protegeré tus juegos*,
y luego rompes las hojas en la mitad. Partes nuestra vida en
dos perfectas distancias, desnudos de nuevo contra la pared,
como si de golpe se abriera la ventana y entrara el viento he-
lado, azotando la frágil madera del marco; y el frío empezara
a agrietar las paredes (inesperadamente viejas), remecidas y
desvencijadas, contando en secreto las secuelas marcadas en
el cuerpo; y al final de todo es como si estuvieras conmigo
despedazando el escaso orden de la casa.

Afeitadora

A menudo la cordura es rígida y fría. Una navaja corta austera la barba, ayuda a conservar los márgenes contra el orden. Una Gillette mal pasada, y el salvaje rito de acomodar la selva termina en un pozo que en el fondo vadea con el mentón y la autoestima herida. Paso lentamente, cada mañana, el filo por los surcos extraños de la cara y en una ocasión también extendí la depuración al pecho. La cordura lima lo que resta del egoísmo; despertar en las mañanas partiendo los sueños en dos.

Cirugías

Los vendedores de medicamentos se pasean por la sala de espera del quirófano con un sigilo semejante a la domesticación y a las buenas maneras. Apenas ven la presa cruzar con su vestido blanco, emerge la satisfacción de una leve risa o el movimiento rápido de los ojos. Adaptados a la preocupación y sufrimiento de las visitas, se confunden con los familiares, hacen fila con ellos compungidos, ansiosos de flirtear por fin con el doctor después del tiempo perdido. Su propósito es transparente y decidido; un animal de rapiña que debe medir fuerzas con otro cazador. Si fuera un buen dramaturgo, toda esta escena cotidiana bastaría reducirla al delicado brillo de sus maletas de cuero.

Andrea namaste

Andrea decía que quería irse a vivir a Nepal, un país pequeño ubicado entre la India y China, y desaparecer en sus montañas cubiertas de nubes y templos maravillosos, algunos colgados como telarañas de madera en las cimas más inhóspitas, donde se llega por increíbles senderos inmemoriales. Siempre que describía un paisaje de Chile equivocaba los nombres y sin quererlo llamaba a los álamos «cipreses» o a los patos de casa «grullas», figurándose vivir en las laderas de ese país desconocido, como quien extraviado en un territorio extranjero comenzara a nombrar las cosas de nuevo. Nepal es hermoso, decía, y en su imaginación el cerro La campana era el Everest. Andrea comenzó a vestirse de blanco, y de un día para otro dejó la ciudad. Algunos dicen que se fue a la tierra de sus sueños, otros que alcanzó el nirvana en las antiguas dunas de Con-Con, y los más ácidos comentan que se ganó una beca enseñando la relación entre poesía y agricultura sub-lunar en los bucólicos parajes de Quilpué, donde nació su hijo de laboratorio hecho de vegetales.

Retorno en bici

Era un juego. Carlos falseaba la voz para asemejarse a una mujer. Llamaba por teléfono y en un discurso siquiátrico anunciaba que estaba embarazada, y que denunciaría al padre de la guagua o que ya había iniciado la demanda por pensión alimenticia. Las bromas, para quienes no lo conocían, trajeron consecuencias brutales y en una ocasión amenazas patoteras por el auricular. Pero de ellas, Carlos extraía lecciones y breves instantes de felicidad. Prometía amores absolutos, relatos bellísimos en que afirmaba pertenecer a distintos hombres y mujeres, viajar por tierras extrañas llenas de color ladrillo, pasar por aventuras insólitas como en los cuentos árabes. Miraría el sol reglamentariamente, a la hora prevista con sus amigos, y así estarían unidos por siempre a través de aquellos volcanes de fuego celeste. Como Alfred Jarry –su escritor favorito– amaba las bicicletas, y sus logros se medían en kilómetros recorridos. Creía en la patafísica y el humor negro expresado en las cartas del tarot. Errante y soñador decidió marcharse cuando fue perseguido después de instalar una editorial, adeudar no sé qué dinero y libros a un autor conocido, y estafar neciamente a unos narcos de su barrio. Desde ese tiempo nunca más lo vi. En su lógica de las excepciones, donde lo único significativo es el instante, el recuerdo solo puede nacer cuando alguien está muerto. Escribo esto para decirle que todavía está aquí entre nosotros, y que esperamos volver a verlo como un Cristo que retorna en bici.

Desperté con un golpe tuyo sobre mi espalda. Alucinando hablabas de la pareja que estuvo antes en la misma habitación. Decías que ellas lloraban, venían de viaje y se encontraron en una situación límite: hablaban sobre el menosprecio que implica la recomendación de modificar la vida. Alguna vez una de ellas intentó suicidarse, pero los hijos la acongojaban.

Los rollos de papel confort aún podían hallarse botados en el basurero. Proyectamos lo sucedido: las cargas semánticas atrapadas en la habitación que ahora significábamos nosotros; el agotamiento de la misma conversación repetida cada vez que iniciaban un encuentro íntimo.

La última vez que volvimos al hotel lo habían clausurado. En la puerta, entreabierta, se colaba la escena del crimen. Todo refugio furtivo es un hospedaje para ladrones tristes y renegados.

Heroin

Se aproxima un payaso con manos en los bolsillos. Te amenaza con un arma de juguete y generosa le das propina. Pasa cerca de la escena un futbolista viejo, trotando con sus pantalones cortos y dando botes a un balón. Se nota ensimismado en jugar su mejor partido, tal vez como cuando era niño y se mentalizaba en llegar a ser el capitán del equipo. Sigue su curso, agarra caminata por entre las callejuelas que dan hacia el cerro. Lo miras con una pequeña mueca de incomprensión y desprecio. Tomas de la cartera el celular, conectas los audífonos y escuchas tu canción favorita en épocas depresivas. No sabes inglés, solo traduces frases sueltas e inconexas, y las otras las imaginas para después inventar historias nuevas que las unan: *las manos sobre la cabeza sentados en la escalera. El sueño de los muertos. El amor es posterior al recuerdo. El yodo del humor negro. Es bueno verte a ti, aunque no exista la felicidad. Por tanta muerte no se habla de la muerte.* Otra vez la canción se acaba. Otra vez la reverberación y la soledad de plaza. Otra vez, nadie llega.

Usura

La copa de vino todavía se mantiene allí, después de dos días, en el rincón curvo de la mesa. Su presencia es una huella de lo ocurrido. Esto es seguramente una despedida; una conversación que delinea las sombras de aquello que no se puede decir. Objetas todo lo que digo, marcando una bandera ante la colonización, y después te arrepientes cercado de culpabilidad.

No ocupamos palabras amables ni tampoco sinceras; no son necesarias. Los tres supimos que nos estábamos usando. No como viles explotadores sino como obreros del dolor. Ahora que debo salir a despedirte, veo las manchas del vaso como heridas de un órgano recién intervenido, a la espera de volver a funcionar.

Dedicatoria

Me regalaste el libro cerrando la dedicatoria en una paradoja: «con amistad». A pesar de la distancia que se prolongó estos años y los prejuicios propios de la poesía, te pregunté por esa conclusión y me dijiste que un libro solo puede leerse amistosamente. Y continuaste: *la literatura ya no nos puede salvar. Es, simplemente. Como el insomnio, la escritura se reduce a una forma de huir, un vigilante que acecha el cansancio de la vida.* Nos dimos la mano y nunca más nos volvimos a encontrar. La amistad, como la literatura, fue entre nosotras sentirse bien en un lugar imposible.

Armar la cama

La camioneta del flete costaba quince mil, y yo ganaba en ese entonces sesenta mensual. De una sola vez gastaría un cuarto del sueldo. No hubo oportunidad de negociar. Un antiguo vecino dueño de la camioneta, avaro como siempre, no quiso pactar dos cuotas. El colchón nuevo era lo único valioso de nuestra aventura. Decidimos con voluntarismo y ceguera arrendar la casa juntos. Ni bien llegamos con nuestro colchón, el frío nos obligó a sentir sin intermedios sensaciones extremas. Para decirlo en simple, al no tener más muebles, estábamos atrapados en una casa que proyectaba nuestro vacío. La imposibilidad de armar la casa fue el símbolo que confirmó lo que no podíamos verbalizar: entre nosotros prevalecía, a pesar del esfuerzo mutuo, una soledad llena de rumores.

Felinos

Ella besa con los ojos abiertos y saborea su boca cuando es penetrada. Él, parlanchín por naturaleza, tiende al silencio y a limitarse a observarla durante el acto sexual. Al conversar, siempre llegan a idénticas conclusiones: deberían ser amigos. Odian los secretos que cada uno mantiene del otro: su manera de fumar o caminar lento, el modo raspado de hablar o el mutismo ante las preguntas. Si fueran sinceros, tampoco lograrían ser amigos, menos todavía buenos amantes. Constatan que no pueden reducir sus ahogos a estos encuentros furtivos y dolorosos al mismo tiempo. Sin saber qué hacer, dejan que el cuerpo decida por ellos. Al fin y al cabo, el deseo se define en la noche.

Gabriela

Siempre está la alternativa de abandonarse. Una vez ella me regaló un libro con una carta falsa dentro. Supe de su carácter ficticio al adivinar lo que se ocultaba a través de cada frase. Si uno lee con detención, como suele ocurrir con sus poemas, se descubre un mensaje que no tiene que ver con el amor, la amistad o las palabras; hay algo silencioso, una falta que parece anorexia, de esa que se asemeja a un contagio más que a una deformación ante el espejo. Ella cifraba nuestro encuentro en un lugar inexistente, describía un parque rodeado de muros y criptas; se detenía especialmente en un viaje en que nos encontrábamos y me leía con detenimiento cada vocal, solamente vocales, dejando pasar las consonantes como un río que se desborda. Al acercar las manos, su dedo derecho se paralizaba de golpe, afectando el ojo y la boca. La extensa misiva concluía advirtiendo: *no deseo a ningún niño decir «mamá». Al menos déjenme la escritura y la tarde de fondo.*

El hombrecito camina por el sendero y el cartero cita a Nietzsche. El hombrecito riega un árbol recién plantado, aunque esté seco. Al fondo de la decoración, el mar calmo e irreconocible conjuga con una casa. El hombrecito es mudo, y es también la última esperanza ante la catástrofe. No queda otra alternativa para la humanidad. Su corazón late más rápido que el de los adultos. La madre casi llora cuando lo sintió por primera vez. El hombrecito quiere romper el eterno retorno dibujando una línea recta y una llama enorme que corte el circuito de vida y muerte. Una recta alterada por una máquina, tan delicada que divida la realidad en dos y pueda despedazar al titiritero –¿el antiguo dios?– que mueve los hilos de la naturaleza. El camino por aquella línea nos llevará a otros planetas y a reconocernos por fin en la extraña fragilidad.

Herzog

Salió a filmar una isla a punto de despedazarse por un volcán, y tuvo que hacer una parada en Chile. En la plaza el evangélico de turno amenazaba con su prédica. El calor aplastó cualquier intento de espera con sentido. Compró unos cigarros artesanales y una mujer que conocía sus películas empezó a hablarle sobre la impersonalidad del mar y la compañía eterna que brinda la cordillera. Le dijo: *las montañas no ofrecen gran cosa, solo su permanencia escenográfica*, como una forma de comentar Fitzcarraldo. Sus hermosos ojos claros y melancólicos, aunque fabricados por el artificio de los lentes de contacto, relumbraban tristemente. Citó a Camus para consolidar sus ideas, volviendo a la carga: *la extranjería es más propicia en la cordillera, cuando el silencio recorre la tempestad de la nieve, sin esperanza*. Con su tono sinuoso y espalda bronceada, bebió un sorbo de cerveza que llevaba en la cartera. Werner quedó contemplándola: fue lo único claro de esa tarde. Ya en la hora límite de volver al hotel, desistió de esperar el avión para continuar el viaje. Solo, ante un vaso, veía pasar las sombras sin asidero.

La mirada de Ulises

Los desaparecidos retornaron a celebrar todos los Año Nuevo de una vez. Era la cicatriz de Ulises que mantenía la memoria en un cuerpo lacerado. Hasta que el sonido reiterativo de una campana o una risa apurada por el viento, concurría en un giro de escena y la historia volvía a su curso: Lenin atravesó el paisaje de los Balcanes, el pueblo se asomó persignándose. Luego los exiliados aguardaron con sus maletas frente a las altas montañas de la cordillera, perdidos en la contemplación de la muerte. Instintivamente, con una mueca en tus labios, miraste los cortes de escena en el computador con un recuerdo que no podías descifrar. No era nítido y costó que lo asimilaras en la conciencia. La película de Angelopoulos seguía su curso y como un Telémaco aferrado a la infancia, viste alejarse las múltiples figuras del amor representados por la misma mujer.

El caballo de Turín

3 de enero de 1889. El caballo avanza con esfuerzo, un latigazo lo apura. Nietzsche fija su mirada en la inutilidad del sufrimiento. El eterno retorno: las correas y los yugos se incrustan en el cuerpo lastimado. Esquelético por una larga vida de trabajo, la fisonomía negra del caballo resalta en primer plano, bajo la tempestad. El filósofo lo detiene, dibuja una silueta en el aire y le da de beber.

31 de marzo de 2011. El caballo avanza con esfuerzo, lastimado por un solo hombre. Los latigazos se incrustan atravesando la nieve y el viento. Béla Tarr necesita solo una cámara que rastree el frío. Quince minutos de esfuerzo inútil y prolongado. No hay muchas palabras que el film pueda transmitir: cada imagen conforma el blanco y negro de suaves estocadas de tiempo.

15 de noviembre de 1878. Van Gogh dibuja un árbol torcido y una borrasca que deposita un cráneo en el suelo. Tal como los padres, los artistas siempre lastiman. El viejo caballo, el servidor fiel, está ahí esperando paciente bajo la lluvia. Cuando la tempestad ha acabado, el barquero los llama desde el lago.

Milan Kundera

Es un hombre vestido con ropa formal. La cabeza es lo primero que se observa; los escasos cabellos se asemejan a las ramas de un sauce. De sus documentos saca unas hojas impresas en color papel roneo. Las lee con atención, observo que fueron extractadas de Wikipedia; tratan sobre la vida de Milan Kundera y su novela LA INSOPORTABLE LEVEDAD DEL SER. Con aguda concentración subraya algunas expresiones fundamentales. Habla por teléfono y dice las frases recién marcadas. Cuando corta, vuelve a las hojas. La ruta 68 le ha servido de preparación. Me guiña un ojo: *una buena novela solo sirve para convencer, el resto es poesía.*

Tipos móviles

Pasamos a una cantina de Liverpool, oímos los gritos de una mujer vestida de alhajas a la que alguien acaricia por debajo. Entre todos los parroquianos enterrados en sus vasos, Malcolm Lowry escribe en ultratumba las últimas páginas de su libro. Uno de nosotros lee un poema suyo, y al terminar, el comentario versa sobre la tipografía: a fin de cuentas distracción o destrucción es igual, el asunto consiste en que al obnubilarse la vista –como consecuencia de la última crisis etílica–, miramos los orificios del lenguaje.

El túnel

La luz bajaba con el ocaso. El bar era un tornasol y el vino relumbró entre las copas. Los ojos oscuros se tiznaban de pequeños incendios como cuando el papel se aproxima al fuego y en sus brasas caen trozos de palabras impresas. Ya no se veían tus labios, pero decías con firmeza que preferías leer a escribir. Nunca quisiste mostrar tus textos, que era como mostrar las cartas, aunque leías sutilmente citando de memoria. A veces te creías Alejandra y con un cigarro aspirado profundamente, advertías: *solo me interesan frases sueltas, nada queda interesante en la literatura. Siempre he preferido una buena charla.*

Pasaron años antes de volver a revisarla. Había leído los primeros dos libros a la edad de la extensión de la adolescencia, y ahora cuando llegaba a los cuarenta, un hecho insólito impulsó a terminarla. Era un retorno hacia el pasado, a los amigos que quiso y ya no estaban. Comenzó la primera hoja identificado con el autor que no volvió a leer, ¿por miedo? Sí, es posible tener miedo a un autor, es decir, a una zona de sí mismo. Volvía para reconocerse, como si visitara la casa de los padres y quisiera alojarse allí, sin resguardo. La primera hoja tenía su nombre escrito hace veinte años. ¡Cuántos hechos ocurren detrás de una firma! La lectura –lo supo enseguida– significaba el inicio de la destrucción.

Voyeur

Te presté una novela que estaba leyendo. Como la tenía subrayada, empezaste a revisar solo los pasajes destacados. Pasaste de una página a otra siguiendo las anotaciones cada vez más ansioso, meticuloso como un microscopio que aumenta lo minúsculo. Incómodo fui al baño, y mientras mojaba mis manos comencé a recordar a mi madre cuando en las noches me leía cuentos ilustrados. En el espejo mi rostro decrecía y en él habitaba el niño que creció junto a mí, en un tiempo amplio y sin fin, con su propia experiencia. Acomodé mi abrigo, apagué la luz y al salir vi cómo te reías de una página en particular. Te pregunté qué pasaba, y solo atinaste a decir que la letra se deformaba con los años.

Ruleta rusa

Con justa razón, no confías en los hombres. Los elijes buscando grados de belleza que perfectamente podrías encontrar en una mujer. Entre la multitud de ávidos delincuentes, escoges los menos obvios: quienes sonrían de un modo particular, digan una frase con una pizca de inteligencia o despierten con un mordaz silencio cierta amabilidad semejante a la indignación. Apuestas por una resta entre una suma de incertidumbres, instalando una ceguera en el resultado. Hoy decidiste por mi padre, piedra negra sobre piedra blanca.

Ícaro

De improviso fuiste en busca de tus poemas. Parecías un animal envenenado, atrayendo la curiosidad de los demás moribundos. Traías una bolsa con la inscripción «Dolor inimaginable», y todos tus libros subrayados, en especial los que mantuviste a préstamo. Como dueña de una parcela, esperabas que llegara el agrimensor, pero no sabías quién era ese extraño que anunciaba su venida cada mañana. Al final decidiste juntar los papeles, vaciar la bolsa y mirar –con la impaciencia de un preso que piensa en el sol– las lucecitas rojas de los vagones que pasaban rápido con la letra K. Solo entonces prendiste fuego a doce o trece poemas, en cuyos pie de página se leía un nombre en miniatura, indescifrable a la lupa.

Índice